Rumjana Zacharieva

AM GRUND DER ZEIT

Für Iris
– ganz herzlich
– auf daß die Zeit
stehenbleibt! Danke an mich!
Deine Rumjana
Zacharieva
24.03.2000

Rumjana Zacharieva

AM GRUND DER ZEIT

Gedichte

mit fünf Zeichnungen
von Petko Antonov

Avlos

1. Auflage 1993

Umschlaggestaltung: Monika Wazielewsky
unter Verwendung eines Aquarells
von Petko Antonov
Fotosatz: Peco-Druck Peter Ebertz & Co, Duisburg
Druck und Bindung: Peco-Druck Peter Ebertz & Co, Duisburg
ISBN 3-929634-00-7

AM GRUND DER ZEIT

1.

Prickelnde Risse in dünner Haut.
Heute nacht hab ich den Himmel zerwühlt.
Der Himmel war sprudelnd und salzig.
Die Hände mußte ich waschen.
Ich griff nach der Milchstraße.
An meinen Händen
klebten
die Sterne.

2.

Ich lasse dich rufen
durch die Lautsprecher der Miliz,
durch die dickbäuchigen Zivilisten,
die nach Pflaumenschnaps stinken,
durch die Feuerwehr,
durch den Wasserrettungsdienst:
– Komm!

Es brennt.
Kein Haus ist niedergebrannt.
Es schmerzt.
Keiner ist verwundet.
Alles geht drunter und drüber.
Nichts ist wie vorher.
Komm! SOS!

Ich hab ein Gedicht für dich geschrieben.

3.

Ich danke dem Himmel,
der den Sand fluoreszierend verließ
und Himmel am Himmel blieb.

Ich danke dem Sand,
der meine Buchten
mit sprudelndem Leuchten füllte.

Ich danke dir,
daß ich vergeblich
gewartet habe.

Sonst hätte ich nicht geschrieben!

4.

Heute abend gehe ich nicht tanzen.
Heute abend werde ich die Sterne
aus den Fingern waschen.
Heute abend bin ich still.
Werde übers Meer hinausschauen,
wo ein Mann mit langen Beinen
bis zum Himmel wächst und wächst.

Heute abend wird ein fremdes Paar
den Sand zerwühlen.
Nicht den Himmel.
An den Fingern
Körner-Sterne
wie bei uns ...
Er wird ihr das Phänomen erklären.

Heute abend gehe ich nicht tanzen.
Heute abend bin ich still.
Heute abend denke ich an dich
und
Tschernobyl.

5.

Nach der schlaflosen Nacht
schwirren Fische im Kopf herum.
Hinter den Augen
flimmern goldene Krebse und Muscheln.
Meine Ufer sind überflutet
und das Herz – eine Boje –
bietet keine Zuflucht.
Die Wellenbewegung der Schenkel
rüttelt den Sand,
rüttelt den Traum,
bis meine Fische fliehen.
Über die Milchstraße hinaus
bitten die Möwen um Gnade.
Am Ufer des Schlafs
wartet der Fischer.

6.

Die Möwenfüße der Küsse
auf salziger Haut
brennen.
Der Kopf des Pharaos erwacht:
eine gewöhnliche Klippe am Morgen.
Der Neutronenpilz seitlich des Blicks
auf dem Wege zur Venus oder zum Mond:
ein Baum wie jeder andere.
Keine Blutspur überm kühlen Laken,
kein Lustschrei zwischen den Wellen,
keine Erregung am Rande des Wassers.

Die Erinnerung – eine Bucht voll Meeresfrüchte.
Mein Gesicht – ein leerer Strand.

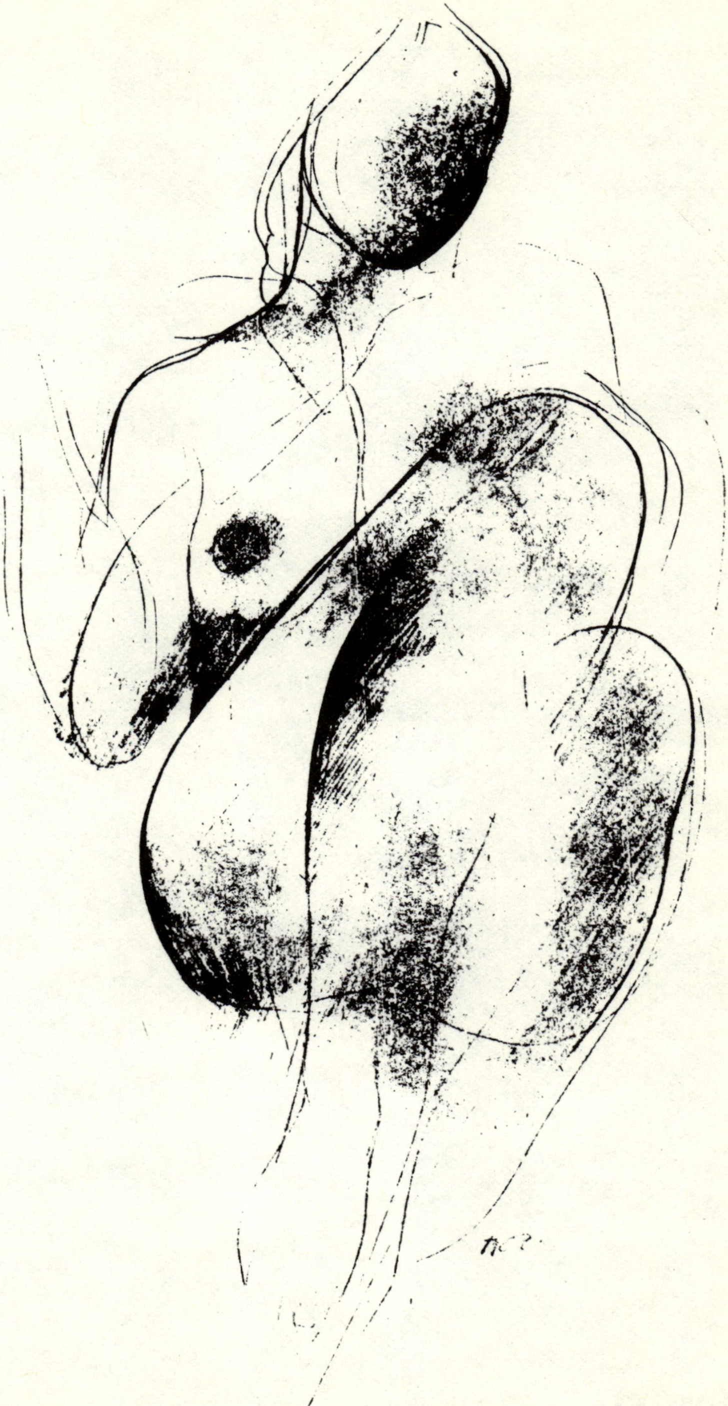

Petko Antonov

7.

Meine Strände sind leer.
Auf der Suche nach dir
durchquere ich mich
– vielleicht finde ich dich im Meer.
Ich tauche tiefer und tiefer hinein.
Vom Meeres- bis zum Himmelsgrund
nur Möwengeschrei.
Die Luft wird dünn.
Im Sterben finde ich dich
am Grund der Zeit.

8.

Laß uns vergessen
Nevada, Tschernobyl, Kosloduj!

Im Hinterkopf den gespenstischen Pilz
nahender Katastrophen,
ruhst du am Haupt des Klippenpharaos.
Die langen Beine,
jahrelang, meilenweit gereist
zu meinem Horizont,
ruhen am Meeresgrund.
Auf Erden bricht das Vergängliche aus.
Dein Lächeln.
Der Eingang zum Himmel gesprengt.
Deine Augen.
Das Hindernis auf dem Wege dorthin.

9.

Tauche in mich!
Ich weiß nicht mehr,
wieviel Trinkwasser bleibt,
wieviel Atemluft bleibt,
wieviel Erde, Hoffnung, Träume, Tage
in den Sternen geschrieben stehn.

Meine Zukunft hat dünne Luft.
Ihr Lebenswasser ist trüb.
Auf der Haut meiner Zukunft
schreiten und schreien die Möwen
einer Hitchcock-Vision.

Laß mich eilen zu dir!
Laß mich fahren, schwimmen, segeln, fliegen,
so lange es Wege,
so lange es Leben
gibt!

10.

Wenn alle Meere verseucht sind,
wenn alle Wege nach Nirgendwo führen,
wenn alle Grenzen gesperrt sind,
wenn alle Herzen verkauft sind
für eine Prise Salz,
für ein Lot Kaffee,
für einen Schluck Wasser,
für einen letzten Atemzug,

dann

bleibt eine große Geste
ostwärts
oder
von Osten nach Westen.

Ich brauche dich, mein Märchenerzähler.

11.

Du wirst mich niemals weinen sehen.
Wenn die Bäume meiner Hoffnung gefällt sind,
wenn das Gras deiner Lust verbrennt,
wenn das Liebeswasser,
das Lebenswasser versiegt ...

Du wirst mich niemals weinen sehen.
Weinende Frauen sind häßlich.

Erst am Ende der Zeit
werde ich diese Erde,
dieses Leben,
dich und mich,
unsere Liebe
beweinen.
Lächelnd.

12.

Ich bin überbevölkert.

Mein Bewußtsein – mit Pflichten.
Mein Gedächtnis – mit Information.
Meine Träume – mit Hitchcock-Visionen.
Mein Körper – mit Angst.

Ich bin überbevölkert.

Das Freudenwasser,
das Liebeswasser,
das Lebenswasser
wird knapp.

13.

Meine Söhne werden nie das Haus verlassen.
Meine Töchter keine neuen Kleider tragen wollen.
Freu dich, ich bin schwanger!
Schuften mußt du nicht für neue Schuhe.
Bangen mußt du nicht, wenn sie zu spät ...
Ihre dunklen Haare werden unsre Nächte hüten.
Ihre weißen Zähne werden unsren Weg beleuchten.
Wind-Kinder,
Traum-Kinder
werd ich dir gebären.

Berühre mich, und ich bin schwanger.
Die Kinder-Worte trage ich im Kopf.

14.

Du gibst mir deine Hände.
Ich will sie dir voll wiedergeben,
so lange der Drang zum Pflücken reift.

Du gibst mir deinen Mund.
Ich will ihn dir voll wiedergeben,
so lange der Hunger nach Worten vibriert.

Du gibst mir deinen Samen.
Ich will ihn dir voll wiedergeben,
so lange mein Leib Träume gebiert.

Du gibst mir deine Augen.
Ich will sie dir voll wiedergeben,
sobald ich ein Spiegel bin.

Erst dann sind wir leer.
Erst dann werde ich gehen.

15.

Adam und Eva leben
zwanzig Kilometer westlich von Prag.
Sie steigen zum Grund des alten Steinbruchs
hinab,
Kleinamerika genannt.

Das Wasser, lebend und tief,
spiegelt die Felsen.
In jedem Riß ihrer Elefantenhaut
spreizen salzige Lippen
reife Pistazien.

Der Weg nach Eden
führt steil
am dünnen Stahlseil hinunter
(Sterben verboten!)
zum Himmelsgrund,
zum himmelwärts schreienden Auge des Steinbruchs
in meinem Kopf.

Zwanzig Kilometer westlich von Prag
steigen Adam und Eva
in Richtung Eden hinab,
nackt und verliebt
trotz Nevada,

trotz Tschernobyl, trotz Kosloduj„
trotz der gepanzerten Schreie
des Jahres achtundsechzig,
trotz warnender Inschriften im Fels,
trotz der Gräber
im Auge Edens.

Das Schreiten glückwärts, traumwärts
wird in Kronen bezahlt.
Oder
mit dem eigenen Leben.

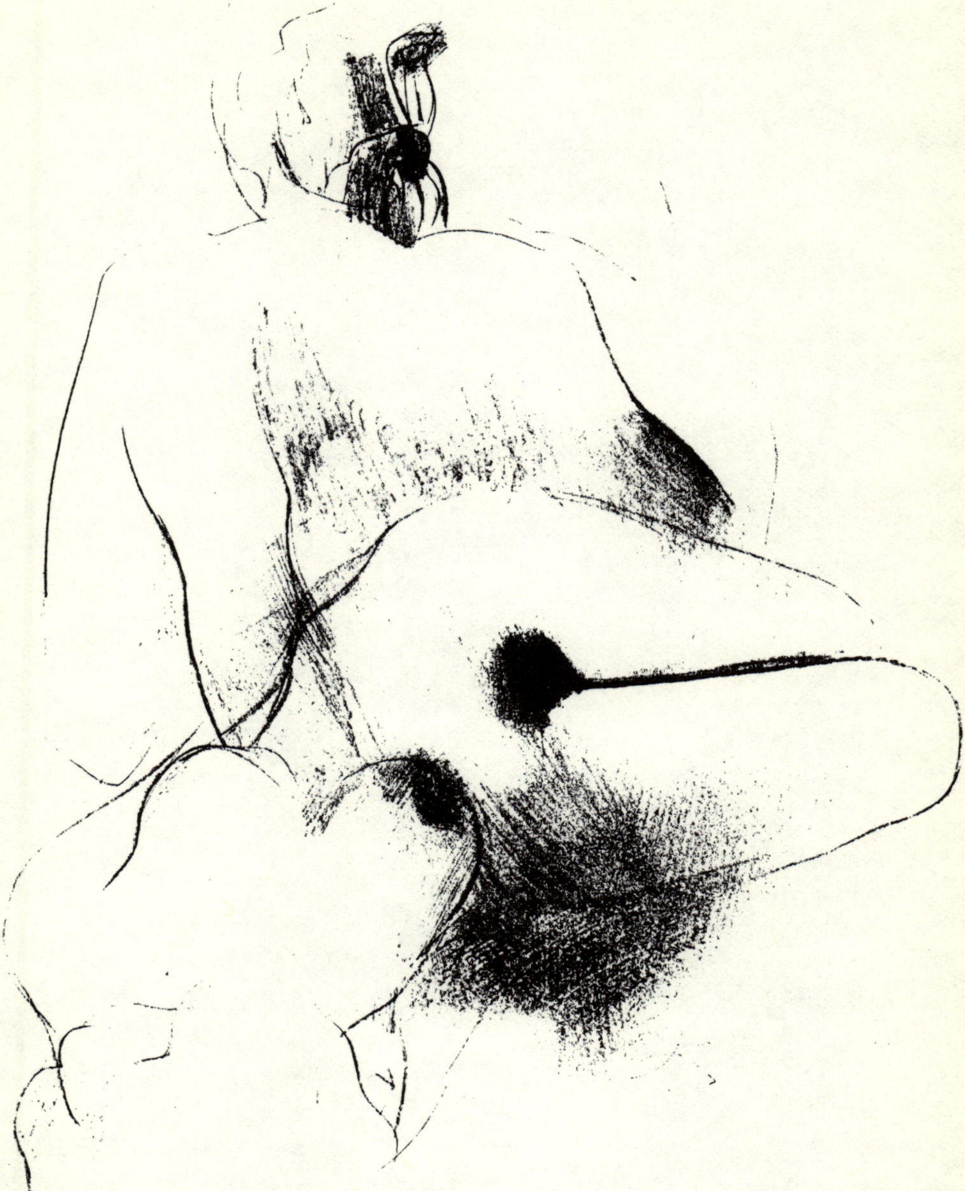

Petko Antonov

16.

„Kladno, černe kladno ...“

*Kladnos schwarze Katzen
beweinten die Stadt heute nacht
und sorgten für Nachwuchs
bis zur ersten frühen Sirene.*

Dein Atem in meinem Nacken.

*Ich schleiche zum Fenster, noch schlafend,
fliehe in Richtung Westen,
Prag-Plzen-Cheb-Endederwelt
oder Nürnberg.*

*Die erste Tasse Tee
werde ich für dich kochen
(gutes Wasser für Kladnos Arbeiter
und die Luft, die man in kauf nimmt).*

*Ich liege in deinem Bett.
Nach jedem Alptraum
eine andere Frau.*

*Die letzte Tasse Tee
wird dir die Sonne reichen.*

17.

Vom Ende der Welt,
vom Grund der Zeit,
vom Abgrund der Flucht
kehre ich heim
ins verlassene Haus
– mein Körper.

Entwarnt schreite ich.
Bleibe stehen.
Staune.
Nach all dem Grauen,
nach all den Katastrophen,
trotz Kriegsalarm
und Sirenengeheul
sind alle Fenster noch heil.
Im Wohnzimmer,
links unter der Rippe – Licht.
Auf dem Schreibtisch – Chaos
und eine dampfende Tasse Tee.

In meinem Körper wartet jemand.

Sag,
wie war es so lange in mir
ohne mich?

18.

Als ich dir folgte
in der fluoreszierenden Nacht
bis an meine eigenen Ufer,
war ich ein Kind.

Während ich auf dich wartete
geduldig an all meinen Ufern
in der fluoreszierenden Nacht
starb ich.

Wenn du die Ufer verläßt,
an denen ich dir folgte und starb,
werde ich endlich fliegen
in der fluoreszierenden Nacht.

19.

Vom Abflugsgrund
bis zum Punkt der Landung
ein Traum.

Zwischen der Spitze deiner Zunge
und dem salzigen Kern der Pistazie
das Glück.

Ich bleibe wach.
Fliege
und
lande
jenseits der Grenzen
Edens.

20.

Von tausend Händen entblößt,
von tausend Leibern entjungfert,
von tausend Schritten durchschritten,
in tausend Zärtlichkeiten ertrunken,
schläfst du
im Auge Kleinamerikas
zwanzig Kilometer westlich von Prag.

Aufgespießt auf den Türmen des Stary Hrad,
angezündet vom Sonnenspiegel des Jahres 1968,
tausend Mal in die Moldau gesprungen
von der Karlsbrücke aus,
von Schwanenschnäbeln ersungen
trage ich aus mein Prager Lied:

In der tausendundersten Nacht dieser Liebe
dich
am eigenen Traum
erlitten.

21.

Sanft berühre ich Beethovens Füße
– stehst du noch da?

Von der Kennedybrücke
möchte ich springen,
tauchen in deinen Traum.
Ich fliege.
Ein Stern.
Bleibe hängen
am Bonner Münster.
Allein.

Manchmal möchte ich schreien,
daß mich die Loreley hört.

22.

Alle Wege zwischen uns – verschneit.
Alle Bäume krank.
Jeder Fluß ein Fisch am Strand.
Jede Atempause – Smogalarm.
Wachtposten.
Grenzübergang.
Geht dann die Schranke hoch,
kommt jemand angelaufen.

Der Zoll.

23.

Ist die letzte Grenze überflogen,
die letzte Brücke weggeschwommen,
der erste Vogel aufgestiegen
im Abendrot
am Muttermund des Himmels,
und das Warten unter Rapunzels Fenster
im Bett der Hexe gelandet ...

Solltest du mich getötet haben,
sag es mir nur.

Petko Antonov

24.

Ich war der erste Baum,
der seine Blüten verlor.

Ich war der erste Vogel,
der sich von seinen Federn trennte.

Ich war der erste Fuchs
verjagt aus dem eigenen Bau.

Ich bin der letzte Fisch,
der am Siebengebirge entlangschwimmt.

25.

Als mein Herz vor der Tür stillstand
an der Schwelle einer Berührung . . .
Als deine Schritte den Flur entlang . . .
Als ein Teil von dir in mir . . .
erreichte mich
der lang ersehnte Stand der Liebe:
Herz-
still-
stand.

26.

Und während ich Worte
an Worten feile,
Worte verteile statt Brot,
dich mit Worten vernichte,
dich liebe,
dich sprenge
wortnah,
wortgewandt,
sterbe ich,
am Ufer des letzten Wortes
gestrandet.

27.

Heute morgen bin ich älter
als die Zähne des Eichhörnchens,
das an den Baumkästen nagt.

Heute morgen bin ich weicher
als der Nebel um den Drachenfels,
der meinen Berg umarmt.

Heute morgen bin ich tiefer
als die Nacht deiner Geburt,
die dich ins Unendliche schleudert.

Heute morgen bin ich jünger
als die Zeder vor meinem Fenster,
deren Rinde die Berührungen speichert.

Heute . . .

28.

Laß mich alle Widmungen verbrennen,
vergessen alle Namen!
Gewidmet sei mein Geist, mein Wort, mein Leib
der Zeder
vorm ich-umrahmten Fenster
der Fantasie.

STÜTZPUNKTE

* * *

*Die Stirne durchgescheuert.
Die Brust gequollen.
Dem Nachflug hörig.
Kommt etwas in mir nieder?
Werd ich landen?
Wird jemand warten,
mich abzutasten mit den Augen,
zu erfahren,
wo ich den Zündstoff aufbewahre,
zu lüften das Geheimnis
meiner wirklichen Entführung?*

*Nun tastet ab,
vermutet,
leibesvisitiert.
Ich war schon immer,
bin es stets:
überdosiert,
unterminiert.
Nach jeder Landung
einem Vorflug gleich.*

* * *

Wo der Regen verdurstet
auf dem Kopfsteinpflaster,
bleibt keine Spur.

Wo die Nacht ihren Kopf
gegen die Tagwand stößt,
bleibt keine Spur.

Gib dem Tag einen Schluck Gestern.
Gib dem Tag eine hinter die Ohren,
daß er in den Spiegel schaut,
daß er die Regentropfen im Haar entdeckt
und den blauen Fleck auf der Stirn.

Erst dann laß ihn
auf dem Kopfsteinpflaster
verdursten.

AMPUTIERT

Der Mond hockt sich hin
dort oben
in die rechte Ecke des Fensters.
Die Nachbarin klappert
am Waschbecken im Hof.
Jemand schläft vor dem Fernseher ein.
In Polen heulen die Sirenen
zum nächsten Streik.
Ein Kind tritt auf die
Schmetterlingsgranate.
Der Mond geht auf.
Zerbricht im Schoß der Fernseher.
Die Nacht,
belagert durch Streikende.
Die Nachbarin
mit nackten Oberschenkeln
steht still im Hof.

Im Waschbecken des Tages
fließt Blut.

AN ADRIANA

Die Kinder, die Männer, den Korb
mit der ungebügelten Wäsche
zum Schlafen gebracht,
wälzen wir Weltprobleme.
Jetzt ist,
so scheint es,
alles klar:
Pythagoras und seine Theoreme,
und eins und eins macht zwei.
Und Zweifel gibt es nicht.
Doch diese Zwei bedeutet nichts,
wie jede Zahl.
Die Nacht zieht ab
mit wuscheligem Kopf.
Schmeißt um
den Wäschekorb.
Durchquert das All.
Auf rot erblindet,
heulen auf
die Ampeln dieser Stadt.

* * *

Winddurchquert,
windentzaubert,
windgereinigt,
hab ich überlebt.
Aus lauter Not
wird trächtig jeder Zweig.
Und Fruchtbarkeit
– die Rache.

* * *

Wir fliegen ab.
Aus jenem Punkt des Ineinanderseins,
dem Stützpunkt
zwischen All und Jetzt.

In den Kern der Erde,
in Lava,
sprudelnd
zwischen ihren Schenkeln,
tauchen.
Suchen.
Auferstehen.

* * *

Durst.
Nach Tropfen Heute,
Gestern,
Dort.
Nach jener Raserei,
die doppelhufig
aus dem Staub sich macht
und sprengt die Zeit.

MANN

Eine Uhr im Stillstand – der Leib.
Niederlage und Sieg
– das Weib.

EIN JAHR IM KRANKENHAUS

Ein Stück Himmel
und ein Baum.
Der Rest ist irgendwie
bekannt.
Doch eines Tages wußte ich genau:
in dieser Zeit
der Carters und Khomeinis,
der roten Schritte unterwegs –
was ich durch diesen Baum erfuhr,
das konnten keine Wälder
ahnen.

Seitdem
sind tot für mich die Bäume.
Alle.
Außer einem.

1982

NOTSTAND

Ausgehungert
im Flüchtlingslager deiner Liebe,
warte ich
auf den Arzt,
der alle Seuchen heilt.

Abgemagert
im Überfluß deiner Liebe,
warte ich
auf die tägliche Handvoll
Reis.

ALLTÄGLICH

*Nimm mich,
wenn ich ersticke
an meinem Schweiß
nach dem Spiel mit den Kindern.
In der Mittagspause,
wenn die Zeit
zum Essen nicht reicht.
Wenn in der Küche
der Sonntagsbraten erstickt.*

*Ich schließe die Augen.
Beiße die Zähne zusammen.
Aus Liebe.
Aus Haß.
Du zählst
die ersten grauen Schritte
in meinem Haar.*

* * *

Ich kämpfe um die ungeschminkten Narben,
das Recht auf Falten,
müde Beine,
dicke Adern,
auf Brust, die leblos hängt.
Ich kämpfe um das Recht,
vergeßlich,
schlampig,
einfach
alt zu sein.

RECHTFERTIGUNG

*Ich brauche doch den Haß,
den sanften,
den alltäglichen
– die zuverlässigste Legierung der Liebe.
Sonst würde ich schon jetzt
in friedlicher Koexistenz
und weiß geworden vor Verachtung
sterben.*

SCHWUR

Dich wecken
zur Vollmondzeit.
Die Früchte der Nacht
pflücken.
Dich überfallen.
Dich verteidigen.
Dich sprengen.
Mich selber vor Gleichgültigkeit
retten.

* * *

Mein Gedanke
– flugreif –
landet auf deiner Schulter.
Füttere ihn,
gib ihm zu trinken,
damit er zurückkehrt,
uns beide im Schnabel.
Du und ich:
Nahrung fürs All.

* * *

Wo willst du den Abfall
deines Zorns deponieren?
Die Hüllen der Selbstzerstörung,
die radioaktiven Reste des Mißtrauens?
Ertränk sie in meinen Träumen,
grabe sie in den Alltag ein,
laß sie die Erdbahn meiner Sinne
umkreisen!
Ahnst du den Schluß?
Such einen anderen Stern!
Rührst du mich an,
wird der Kern
der Liebe
gespalten.

ZEHENSPITZENGEFÜHL

Ich kann nicht auferstehen
danach.
Ich stehe einfach auf.
Richte mich auf
in mir.
Stehe auf Zehenspitzen,
damit mich der Boden
unter meinen Füßen
doch nicht verliert.

Erreiche den unerbittlichsten Stern
am eigenen Himmel.
Mit Lippen.

* * *

Streck die Hand nach mir aus!
Wach auf!
Niemand wird da sein, rechts,
wie gewohnt.
Ich bin da.
Ich bin längst aufgestanden,
knie vor deinem Bett,
links, wo du mich nicht erwartest.
Ich bin da.
Ich bin erreichbar.
Doch um mich zu berühren,
mußt du wenigstens ein Mal
diese Erde
umkreisen!

IM ZUG

Hat dieser Herbst noch etwas zu sagen?

Diese Friedhöfe voll Autos,
die sich am Boden festklammern,
dem fleischigen Humus
rostige Zähne zeigen.

Hat dieser Herbst noch etwas zu sagen?

Mein Zug fährt langsam.
An seinen Rädern kleben die Wege,
kleben die Ampeln,
Halden, Fabriken,
samt ihrem Abfall.
Dort, wo die Schienen
der Kugelrundung widerstehen,
fahre ich weiter, geradeaus ...

Unsere Spur, die abgezogene Haut
dieser Landschaft, wird heilen.

Der Herbst zeigt endlich
glühende
Zungen ...

* * *

Abends,
schlaftrunken
nach den üblichen Eskapaden,
bremst die Zeit vor der Tür.
Ich lasse sie parken
unter dem Quittenbaum.
Was will deine Quittenbaumuhr,
fragt die Zeit
nach dem ersten Schluck Tee,
ein Ahornblatt,
einen Streit,
diese Nacht ...
Meine Quittenbaumuhr,
sag ich,
war auf Einlebenlang
eingestellt.
Bis jetzt.

* * *

Mein Morgen wird wach.
Ausgehungert während der Nacht
schreit er nach Muttermilch.
Stillen möchte ich meinen Morgen.
Er braucht Kraft für die Abwehr.

Hinter der Gardine – der Feind:
ein Korb ungebügelter Wäsche,
zwei Paar kaputte Socken,
ein Berg stinkender Teller.

Ausgehungert,
saugt sich der Morgen
am Muttermund fest.
Er soll die Ewigkeit Alltag
überstehen.

Gestillte Kinder sind zäh.

* * *

An jeder Ampel,
an jeder Kreuzung,
an jeder Bahnstation
werde ich auf dich warten.
Die Schienen brechend,
die Straßen sperrend,
das Chaos beschwörend.

Sollte dein Zug
in Richtung Venus entgleisen,
glaube mir, ich war schuld.

Die Tote an jeder Kreuzung,
an jeder roten Ampel
bin ich.

Der Mann,
der aus dem Zug sprang,
warst du.

BLITZABLEITER

*Zerbrechlich,
hochgespannt,
des Widerstandes fähig,
zerbarst
er
in jener Nacht,
besiegt durch bloße Hand.*

*Sanierungspflichtig war
das Haus.*

* * *

Ich stehe vor einem Berg.
Schwanger.
Wer hat den Berg entzaubert?

Ich hatte mich ihm anvertraut.
Ich hörte die Lava schon
unten in seinem Schoß.
Fassungslos sehe ich,
wie den Berg
schamlose Bohrer
zur Strecke bringen.

Matt und geschrumpft,
ziehen die Bohrer
ihre Köpfe zurück.
Was bleibt?
Eine Grube für radioaktiven Müll?
Ein Rüstungsdepot?
Eine Schatzkammer für Goldbarren,
verseucht?

Vor mir – der Berg.
Schwanger.
Geht unter mit dem Gesang der Geishas.
Die Schenkel fest geschlossen.
Zwei Zauberkugeln
tief im Schoß.

WEIHNACHTEN 1982

Wehre dich, Natur,
richte Stützpunkte auf,
räche dich, wenn du kannst!
„Kernkraftwerke von Wölfen belagert?"
Zottige, drohende Rudel
stets auf der Lauer . . .
Von Ost nach West
Wolfsnester
unter den Buchen.
Überfallen das friedliche Vieh,
weil es dem Osten den Hintern drehte?

Graue Wölfe in Hamburg.
Gefletschte Zähne in den Kellern Berlins.
Menschenpfade unter den Buchen.
Belauert.
Angststapfen unter dem Laub.
Baumstämme, kahlgeschoren,
flüsternder Rauhreif am Pelz.
Weihnachten.
Sonntagsspazierengehen.
Kaffeebraun — der Weg,
sahnegemildert vom Schnee.
Zottiger Wind, boshaft und wüst.
Eiszapfenlianen.
Buchenzweige, dschungelumschlungen . . .

Besser im Schneesturm als im Schnee
der Neutronen,
besser im Dschungel als in der Wüste,
lieber überwuchert mit Träumen
als kahlgeschoren im Buchenwald!
Ich heule auf und sterbe.
Mir gegenüber – der Wolf.

WINTERÄPFEL

Mein Sommer blieb
in grüner Faust verschlossen.
Der Ernte bot ich
ein saures Gesicht.
Ich reife noch.
Ich atme süße Fäulnis.
Dezembermahl.
Dem Wind zum Fraß
stieß ich die Blätter ab.
Dezemberlicht.
An kahlen Ästen
strahlen feste Früchte.
Die Berge altern, bärtig,
rauhreifbefleckt mit Einsicht.
Vom Himmel fließt der Tod
in Richtung Wurzel.
Unter der Rinde
reift das Ende,
sklerotisiert durch Blei und Kadmium.
Im Hirn pulsieren Winteräpfel.

VORFALL

An der Schläfe vorbei,
an der Schläfe der Papp-Puppe
mit den hochgestreckten Beinen,
der Schuß.
Schade um den lila Strumpf!
Solche Maschen kann man
nicht
fassen.

Getroffen, bekennt sich die Papp-Puppe
zu ihrem Schaufenster,
zu ihrer in lila Maschen
herablaufenden Freiheit.

Mir läuft der Schweiß
zwischen den Brüsten,
den Schenkeln,
den Schulterblättern
in salzigen Maschen herab.

Ich blieb draußen!

Meine Freiheit,
durchlöchert mit Hakenkreuzen,
bekennt sich
zum eigenen Schaufenster:
zum Sicherheitsstaat.

Ich rufe auf:
Ihr Papp-Puppenbürger,
tragt Sicherheitswesten,
tragt Gurte
statt Straps!

* * *

Wir sind zuständig.
Wir legen sie jetzt auf die Bahre.
Es ist ja alles nur
vorsichtshalber.

Meine Angst legt sich hin,
läßt sich
die Wendeltreppe hinabtragen,
angeschnallt
durch das Reklamelicht gleiten,
an den heulenden Autos vorbei,
läßt sich Blätter und Staub
ins Gesicht treiben,
klappert mit Zähnen, will sich weigern . . .

WIR SIND ZUSTÄNDIG

So legen die Zuständigen
die Freiheit auf die Bahre,
den Frieden auf die Bahre,
die Menschheit auf die Bahre,
tragen sie einfach hinaus,
damit sie eines Tages
ungestört mit ihr . . .
damit sie mit ihr fertig werden.

Vorsichts-
und zuständigkeitshalber.

ÜBERSCHWEMMUNG

Die Berge hinab,
die Weinberge hinab,
die sieben Brüste des Ufers hinab,
die zimtgepflasterten Flußbetten entlang,
die Kanäle entlang,
an den Lippen der Erde vorbei,
den Durst übersehend,
gestreßt von der Geschwindigkeit,
der eigenen Sucht,
mit dem Fluß eins zu werden,
Wasser.

Wasser.
Meine sieben Brüste hinab.
Willst du mich verwüsten?
Den Samen verschlingen,
damit er nicht keimt?

Die flügelklirrende Heuschrecke
will uns den Sommer weissagen.
Kurz vorm Ersaufen.

CHRISTEN

Oma Forst
liegt im Sarg
unter freiem Himmel.
Fliegeralarm.

Näher den russischen Fliegern
als den eigenen Söhnen,
die grundsätzlich
getragene Kleider verschenken
und jetzt
für Oma Forst beten.

Oma Forst
möchte gern in den Himmel.
Ihre Söhne, die Christen,
beten für sie
im Bunker
schräg gegenüber.
Mit der Hingabe der Atheisten,
die,
vom Himmel herab,
auf den Sarg
schießen.

* * *

Irgendwo im Zwischenraum
lebst du,
glaubst mir zu begegnen.
Zwischen Sterben und Gebären,
aber nicht im Leben.
Zwischen Wörtern und Verlangen
– nicht auf nackte Haut.
Zwischen Kommen, Gehen, Warten.
Nicht im Jetzt.

Umgekommen vor dem Anfang.
Angefangen vor dem Traum.
Irgendwo im Zwischenraum.

Im Schreiben.

HERBSTSAAT

Am liebsten läge sie still.
Nur der Wind darf sie berühren.
Jede Regung wird ihn verjagen.

Jetzt noch den Pflug empfangen?
Wenn auch die Zeit ist zum Säen,
wozu?

Jeder Stoß ein Windstoß.
Ein Gedanke – der Stahl,
der blitzt
und reißt
und schmerzt.

Der Samen soll kommen!
Körner aus Licht,
plötzlich verstreut,
und dann wieder still.

Doch der Motor, schon angesprungen,
schreitet zur Tat.

* * *

Meine Furcht
hat keinen Paß.
Keine Staatsangehörigkeit.
Geboren wird sie tag-täglich,
mit anderen Worten:
heute.
Geboren wo?
Im Osten, vielleicht,
wäre die Antwort
auf diese Frage.
Oder hier,
im Land der verlorenen Muttersprachen.
An der Schwelle zu einer Berührung.
Vorm Bildschirm
abends um acht.

Meine Furcht schlägt sich durch.

Aufenthaltsgenehmigung – unbefristet,
mit Recht auf Selbstbetätigung.
Besonderes Merkmal – die Augenfarbe:

grenzenlos.

* * *

Aus meinem Inneren abgerissen,
in meinem Schädel verbrannt,
dem Wind verraten,
leben sie weiter.
Worte.
Hitler und Nazizeiten.
Kreuzzüge.
Türkisches Joch.

Ich auf dem Scheiterhaufen.

ENTSCHEIDUNG 1983

Das Wasser wird kommen.
Schüre das Feuer.
Das Leben,
diese Männerhand im Übungsgelände ...
Blitzerfroren,
staunen die Bäume,
zittern die Körper.
Pflicht.
Kaltwerden.
Altwerden.
Stummwerden.
Das Wasser wird kommen.
Die einzige Hand nach dem Krieg.
Nach dem Kalten Krieg
das Wasser der Neutronen.

Suchen werde ich,
blitzerfroren,
das Feuer im letzten Krieg.
Mit dir.

* * *

Wenn ich dich hasse,
sende ich Strahlen aus.
Tückische, schillernde Strahlen.
Wetterfühligkeit, denkst du,
Abgase, Schwefel.

Wenn du mich liebst,
sendest du Worte. Aus
ist der Traum.
Tückische, schillernde,
tötende Worte
im Übungsgelände. Der Schau-
platz bleibt unberührt.

Nach Jahren – die Saat:
ein Bombentrichter, mitten im Haupt.
Kahlgeschoren das Herz.
Im Netz der Gefühle
– die Spur:
die Mißgeburt.

* * *

Weiße Ostern.
Scharfer Wind.
Die Natur richtet Stützpunkte auf.
Weiße Blumen.
Kalter Krieg.
Laß mich nisten
hinter deinem Haupt!
Ost und West:
Glatteis und Grenzen.
Trauerweiden tauchen die Häupter,
fischen nach Hoffnung
im Strom.

Oben der Krieg.
Unten die Täler.
Längst aufgetaut.
Hüten den Samen des Friedens.

1983

GESCHLOSSENE KURVE

FRAUENSTATION

Krebs oder Kind.
Angst vor Krebs.
Angst um das Kind.
Angst vor dem Kind.

Tagsüber warten die Männer in Vasen.
An jedem Bett.
Auf jeder Fensterbank.
Nachts stellt man sie hinaus.
Sie halten Wache vor der Tür.
Der Weg zum WC – glorios!
Spalier von Rosen, Nelken, Farn ...
In jeder Vase stirbt ein Mann
vor Angst,
vor Hoffnung,
Glück oder Gleichgültigkeit.

Im Garten schlummert die Magnolie.
Man hat sie angeschlossen
an den Tropf der Nacht.
Und Stern für Stern,
geregelt durch die Zeit,
fließt in den Ast hinein.
Die Knospen wachsen:
Kinder oder Krebs.

LIEBE

Ich bin irgendwo
zwischen gestern und morgen
– doch nicht heute.
Ich bin irgendwo
auf jener Parabel,
gezogen
von deinen Händen
bis zum Ich meiner selbst.
Zwischen gestern und morgen
und trotzdem
nicht
heute.

Petko Antonov

DAS WORT

Ein Wort,
und du bist beraubt.
Die Sinne,
die Sonne hat jemand gestohlen.
Ein Wort – nur!
– und du bist der Mörder,
und jemand ist tot.

Nur ein Wort
– du bist gerettet!
Mit einem Wort nur
rettest du jemanden.

Er geht beflügelt fort.
Du wartest.
Dreht er sich um,
schlägst du ihn tot.
Mit dem Wort.

FREMD

Im kalten Sonnenaufgang
reife Frauenbrüste
– das Gebirge.

Jenseits liegt das Haus.
Doch der Weg ist Weg
– keine Gerade,
die ins Unendliche mündet.
Der Weg ist eine geschlossene Kurve,
der sie folgen
mit der Hoffnung,
daß im Unendlichen enden möge
dieser Weg,
so müde wie ihr Fleisch.
Dieser Weg ohne Ende.

* * *

Gestern bin ich ein Baum.
Heute werde ich Wasser sein.
Morgen war ich ein Lied.
Jemand hat sich die Zeit ausgedacht.
Ich lache darüber.

IM NABELKRATER

* * *

Gestern
wirst du gegangen sein.
Auf meinem Bügelbrett
deine Haut:
sauberer, fremder denn je.

Morgen
war ich gegangen:
nichts blieb zurück.

Zwei trockene Kehlen . . .
Heute?

Und das Geräusch eines Reißverschlusses,
einsam zum Platzen.

* * *

Du hast mich endlich aufgeschlagen
vor dir.
Ich liege da – ein Buch
mit Seiten offen,
breit auseinander,
angelesen.
Mag sein, daß du mich schnell verschlingst.
Mal eben überflogen
werd ich landen im Regal
wie all die anderen vor mir.
Mag sein du nimmst dir Zeit,
mag sein du liest mich langsam,
deine Bettlektüre,
mag sein,
ein Leben lang ...

Ich werde dir so viel erzählen,
ich werde dir so viel verschweigen,
wie du aus mir heraus
lesen
kannst.

Petko Antonov

* * *

Du bist schön, sagst du.
Mein Gesicht vergißt jede Schminke.

Du bist stark, sagst du.
Meine Seele verlernt das Wimmern.

Du bist jung, sagst du.
Vor meinem Fenster wird Frühling.

Du kannst alles, sagst du.
Und ich verlasse dich fliegend.

Ich bin Gott, schreist du.
Kniend.

* * *

Die Bilder sind verbraucht.

Das Tal der Donau schrumpfte
zum Nabelkrater eines Männerbauchs.

Die Bilder meiner Kindheit,
die Welpen, neugeboren,
die keiner haben wollte,
ersäufte ich selbst.

* * *

Den Sternen so nah
zersplissener Raum.
Die Zeit zwischen den Schenkeln erwürgt.
Höre zu
wie die Loreley schreit.
Gehe blind,
fluche dem Rhein.
Bis der Schweiß auf der Stirn
eine Hymne auf jetzt
wird.

* * *

Es schmerzt.
In mir.
Um mich herum.
So,
daß die Ohren sausen.
In Schichten lösen sich die Schreie.
blättern ab
von dieser Wand,
die mich umhüllt.
Ich friere
rund
in dir,
Gebärmutter Zeit.

* * *

*Rückwärts trete ich von der Landschaft ab.
Verknotet mit Schienen, Morgen und Bleib!,
gerinnt in der Ferne die Liebe.
Gänsehaut.
Der Sog hinter mir:
Raum und Zeit.
Und jener aufgewühlte Kosmosrachen.*

* * *

Deine Pupillen sind weit,
schmerzhaft geöffnet für mich:
eine Frau,
ein Fluß,
ein Siebengebirge,
für mich eine Verzweiflung mit sieben Brüsten,
Von so vielen Niederlagen geküßt.

Deine Pupillen gierig und tief.

Sag jedem, der mich verloren hat,
sag jedem, der mich wiederholen will,
daß ich darin ertrank.
Im ersten
Sternen-
Augen-
Blick.

ICH

METAMORPHOSE

Ich war ein Fisch.
Mir war es wohl im Wasser.
Doch plötzlich, eines Tages,
versagten meine Kiemen.
Man stellte fest:
Ich sei ein Fisch mit Lunge.

Ein Köder kam ...

Im Korb erwacht, sprach ich
die Menschensprache.
Man nahm mich auf –
ein Wunderexemplar
– ein Fisch mit Stimme und mit Lunge.

An mir vollzieht sich,
was in tausenden von Jahren
vom Fisch zum Menschen geschah.
Ich habe es geschafft:
Ich bin schon längst kein Wunderexemplar.
Ich kann nur noch
nicht richtig schwimmen.

MUTTERSPRACHE

Die Schlange wächst
aus ihrer Schlangenhaut heraus
und läßt die Hülle im Gebüsch.
Ich wachse stets aus dir heraus
und hinterlasse Fetzen
meiner selbst
an jeder Dornenhecke.
Doch dann
in wilder Hetze
füg ich mich selbst zusammen
aus Worten,
aus Gedankenfetzen,
und wieder bin ich,
wieder,
zu groß,
zu klein geraten.
Bin beides:
Wesen
und bloße Schlangenhaut.

DER KÜNSTLER PETKO ANTONOV

1952	geboren in Rousse an der Donau (Bulgarien)
1967	Nach einer Aufnahmeprüfung in Aquarell, Bleistift und Komposition wird er in das Gymnasium für Kunst und Malerei in Sofia aufgenommen. Aktstudien seit dem 16. Lebensjahr.
1971	Antonov beendet das Gymnasium mit dem Spezialfach Ölmalerei.
1971 - 1978	Studium an der Kunstakademie in Tarnovo. Seit 1978 als freier Maler tätig.
1983	erste Einzelausstellung in Bulgarien.
1990	zweite Einzelaustellung in Bulgarien. Ab 1990 Austellungen auch in Deutschland.

Petko Antonov ist Mitglied des Bulgarischen Künstlerverbandes

DIE ABBILDUNGEN

Die Zeichnungen dieses Bandes entstanden in den achtziger Jahren, das Aquarell auf dem Schutzumschlag, im Jahr 1992 für diese Ausgabe

Inhalt Seite

AM GRUND DER ZEIT

STÜTZPUNKTE

IM NABELKRATER

Ich